...elania

tío Raymond

Agatha Mistery

Primera edición: octubre de 2011
Séptima impresión: abril de 2017

Título original italiano: *La spada del re di Scozia*

Textos: Sir Steve Stevenson
Editing: Mario Pasqualotto
Cubierta original e ilustraciones: Stefano Turconi
Adaptación del diseño y maquetación: Emma Camacho

Edición: David Sánchez Vaqué
Dirección editorial: Iolanda Batallé Prats

Proyecto editorial de Dreamfarm s.r.l., via De Amicis, 53 - 20123 Milán,
Italia
© 2010 Istituto Geografico De Agostini, S.p.S., Novara, por la edición
italiana
© 2011 Paulino Rodríguez, por la traducción
© 2011 La Galera, SAU Editorial, por la edición en lengua castellana

Derechos internacionales © Atlantyca S.p.A, via Leopardi, 8 - 20123
Milán, Italia. foreignrights@atlantyca.it, www.atlantyca.com

Casa Catedral ®
Josep Pla, 95
08019 Barcelona
www.lagaleraeditorial.com   lagalera@lagaleraeditorial.com
facebook.com/editoriallagalera   twitter.com/editorialgalera

Impreso en Limpergraf. Mogoda, 29-31 Pol. Ind. Can Salvatella.
08210 Barberà del Vallès

Depósito legal: B-23817-2011
Impreso en la UE

ISBN: 978-84-246-3644-9

Sir Steve Stevenson

La espada del rey de Escocia

Ilustraciones de
Stefano Turconi

Traducción de Paulino Rodríguez

laGalera

Tercera misión

Participantes

Agatha
Doce años, aspirante a escritora de novela negra, tiene una memoria formidable.

Larry
Chapucero estudiante de la prestigiosa escuela para detectives Eye.

Mister Kent
Ex boxeador y mayordomo con un impecable estilo británico.

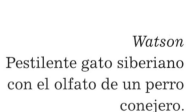

Watson
Pestilente gato siberiano con el olfato de un perro conejero.

Abuelo Godfrey
El constructor de globos más famoso de toda Escocia.

Destino:
Escocia - Aberdeen

Castillo de
Dunnottar

Edimburgo

Objetivo

Descubrir quién ha robado la espada del legendario rey de Escocia Robert Bruce, desparecida misteriosamente del castillo de Dunnottar.

Doy las gracias a Alberto Dal Lago, Alessandro Gatti y Davide Morosinotto por su apoyo y por los consejos prácticos, y a la redacción de Dreamfarm por su paciencia y su confianza.

*Dedicado a todos los escritores
de novela negra que se han atrevido con un
«misterio de la habitación cerrada»*

EMPIEZA LA INVESTIGACIÓN

A un londinense noctámbulo como Larry Mistery, el aire de Escocia le producía un efecto saludable. Después de cenar, a las nueve de la noche, se había adormilado ante el crepitante fuego de la sala de estar. Antes de rendirse al sueño, protegido con una manta que lo cubría por completo, había estado escuchando la cháchara de su abuelo Godfrey y su prima Agatha, que se contaban historias de aventuras en países lejanos. Después, alguien, delicadamente, lo había llevado en brazos a su habitación.

Larry abrió los ojos a las siete de la mañana, en medio de un silencio irreal. Por un momento no supo dónde se encontraba, pero luego vio el paisaje de color esmeralda y los recuerdos se amontonaron en su cabeza: la casa de campo del abuelo Godfrey, las afueras de Edimburgo, la tradicional semana de globo de la familia Mistery. ¡No había tiempo que perder!

A las doce tenía que embarcarse con su prima Agatha en el globo aerostático del abuelo Godfrey para hacer una excursión por las Tierras Altas de Escocia, pero antes tenía que resolver un asunto espinoso.

—¡Ostras! ¡Menuda lata, los amigos de la infancia! —resopló Larry.

Larry Mistery emergió como un submarinista de debajo de cinco capas de mantas y se desperezó. Se puso unas zapatillas y se dirigió al baño. Cuando ya tenía en las manos el bote de laca para esculpirse el tupé a conciencia, se detuvo de golpe.

—No merece la pena que siga la moda de Londres —se dijo con una sonrisa burlona—. ¡Si voy sin arreglarme a ver a Aileen, a lo mejor dejará de darme la lata con correos electrónicos llenos de corazoncitos!

Aileen Ferguson tenía catorce años, la misma edad que Larry, y sus padres la habían matriculado en una prestigiosa escuela de Edimburgo. Estaba pasando unos días de vacaciones en el pueblecito escocés de Bowden, donde vivía el abuelo de Larry, y había insistido en citarse con su viejo amigo. «Pues el sábado por la mañana —había accedido el joven detective—. Para desayunar, porque tengo que irme temprano.»

Larry revolvió el armario hasta que encontró un grueso jersey de lana de las islas Shetland. También se puso unos pantalones de fustán muy rígidos y unas botas de agua verdes. Se contempló en el espejo, muy satisfecho.

—Peor gusto, imposible —dijo con tono malicioso—. ¡Seguro que a partir de hoy Aileen no querrá verme nunca más!

Larry había conocido a Aileen unos cuantos años atrás, durante un verano que pasaba con su abuelo. En Bowden todos la llamaban «Dorothy», porque siempre vestía un pequeño delantal azul, calzaba zapatitos rojos y tenía unas coletas sueltas, como la protagonista de *El mago de Oz*.

—Son las ocho —calculó el chico—. Si todo sale bien, ¡hacia las diez seré ya un hombre libre!

Dejó una nota en la pizarra de la entrada, fue al garaje y cogió una bicicleta. Unos minutos después recorría como un rayo el verde campo escocés por caminos serpenteantes. Enseguida

llegó a Bowden, una simple hilera de casas de estilo georgiano y vivos colores. A aquella hora de la mañana había muy poca gente por la calle, y el pub en el que había quedado con Aileen también parecía desierto.

Larry entró con ademanes chulescos y se acercó a la barra.

El camarero se cubría con un gorro de cocinero y llevaba un trapo sobre el hombro.

—¿El señor Mistery? —preguntó sin volverse hacia él.

El chico se quedó de piedra.

—Ah, sí, soy yo —vaciló—. ¿Cómo sabe mi nombre?

—Su mesa es la número 6, allí, en aquel rincón —contestó el hombre sin dejar de trocear fruta.

Larry observó el ambiente elegante y se preguntó por qué Aileen había reservado mesa precisamente allí. ¿Acaso lo había hecho con el propósito de crear una atmósfera romántica?

Soltó un suspiro y se sentó, dispuesto a esperar.

El camarero acudió a encender la vela que había en el centro del mantel de encaje y se alejó sin decir ni una palabra.

Larry soltó otro suspiro, este más largo.

Inmediatamente después se abrió la puerta y una esbelta joven se dirigió con decisión hacia él. Tenía pelo corto de color castaño claro, ojos verdes, rostro angelical y llevaba un moderno vestido azul. En resumen: ¡era tan bonita que tumbaba de espaldas a cualquiera!

—Hola, Larry —lo saludó Aileen con una sonrisa perfecta—. Perdona que llegue un poco tarde.

El joven detective no pudo evitar ponerse colorado.

—¡Ah, oh, hola, Dorothy! —fue lo único que consiguió balbucir, víctima del desconcierto—. Quiero decir, hola, Aileen.

Ella se sentó a la mesa.

—Tienes un aspecto magnífico —dijo mientras consultaba el menú—. Pareces un escocés de los de antes: ¡práctico y sin andarse con florituras!

Tras echar un vistazo a su propia imagen, reflejada en el cristal de la ventana, el chico se moría de vergüenza. ¡Qué estúpido había sido! La niña que había conocido se había transformado en una jovencita increíble. ¿Cómo podía arreglarlo? Decidió que la única manera de impresionar a Aileen era enseñarle el artefacto de alta tecnología de su escuela para detectives. Normalmente, todos se quedaban boquiabiertos cuando lo veían y le preguntaban cómo lo había conseguido. Quizá podría dejar caer, así, como quien no quiere la cosa, que quería ser un gran investigador...

—Este cacharro de titanio se llama EyeNet —dijo Larry con cierto retintín dejándolo bien visible sobre la mesa—. ¡Es un dispositivo especial, un teléfono móvil de última generación! —Dicho esto, se preparó para responder a mil preguntas, pero Aileen se limitó a dirigir al artefacto una ojeada distraída y cambió inmediatamente de tema.

—¿Has probado alguna vez el *haggis* vegetariano? —le preguntó al tiempo que le lanzaba una mirada magnética.

Larry balbució algunas palabras. Por fortuna para él, el EyeNet emitió en aquel momento un agudo gorgorito. Se apresuró a cogerlo y miró su pantalla luminosa. Era un mensaje de la Eye International, su escuela.

¡Una misión muy urgente!

El chico se sobresaltó. «¿Una investigación precisamente hoy? —pensó— . Tengo que volver inmediatamente junto a Agatha, solo ella me puede ayudar.» Miró a Aileen: cómo le gustaría quedarse un rato más con ella... ¡Era tan guapa!

Pero, por desgracia, el deber le llamaba. Larry se levantó soltando un gran suspiro y masculló:

—Vaya, perdóname, Dorothy, pero me tengo que ir, un asunto urgente... ¡Te llamaré en cuanto lo haya resuelto! —Le dirigió una última mirada de pena y escapó del pub como un ladronzuelo.

Ella lo contempló mientras montaba en la bicicleta, soltó un largo suspiro y, para consolarse, pidió una macedonia con nata y chocolate a la taza.

—¡Jamás te debes enamorar de un tipo tan estrambótico como Larry Mistery! —le confesó al taciturno camarero.

1. CAMBIO DE PLANES

El aspirante a detective Larry Mistery era un buen ejemplo de los singulares individuos que poblaban el árbol genealógico de la familia. Desde hacía bastantes generaciones, los Mistery se dedicaban a los oficios más extravagantes: restauradores de gnomos de jardín, científicos de partículas subatómicas, exploradores de los confines del mundo, catadores de trufas en restaurantes de lujo, expertos en mariposas prehistóricas, vigilantes de islas perdidas, etcétera.

¡No había dos Mistery iguales!

Durante la tarde anterior, mientras Larry roncaba acurrucado bajo la manta, Agatha y el abuelo

Godfrey se habían muerto de risa recordando las curiosas ocupaciones de sus parientes.

—Tú eres la primera escritora de novela negra de nuestra familia, querida nieta —había comentado afablemente el abuelo Godfrey, justo antes de levantarse de la butaca para alimentar el fuego con un buen tronco. En la sala reinaba un agradable olor a madera de castaño, y sobre los muebles resplandecían luces fluctuantes.

Agatha se había acariciado su naricita respingona, como hacía siempre que se ponía a pensar.

—No soy más que una principiante, abuelo —había admitido con modestia—. Por el momento me divierto recogiendo hechos curiosos, describiendo personajes interesantes y desarrollando tramas originales. —Había abierto su inseparable libreta con tapas de cuero y le había enseñado las páginas repletas de notas—. Si te parece bien, mañana me contarás todos los secretos que sabes de los globos —le había propuesto.

19

El abuelo Godfrey había alisado su blanca y espesa barba blanca y había encendido la pipa. Era un viejecito avispado y de cuerpo enjuto que vestía un traje tradicional de *tweed* verde y pajarita en vez de corbata. Aunque era londinense de nacimiento, tenía todo el aspecto de un acomodado habitante de la zona.

De joven, Godfrey Mistery había hecho fortuna como constructor de globos en una famosa empresa de Edimburgo, y siempre que podía volvía a la tranquilidad de su casa de campo de Bowden. En el sector de los globos aerostáticos se le consideraba una eminencia: sus prototipos se vendían en medio mundo.

—Volvamos a la excursión. ¿Qué itinerario habéis acordado Larry y tú? —había preguntado el abuelo Godfrey después de dar varias chupadas a la pipa.

Agatha había echado una ojeada a su primo dormido y después había sacado de su bolso un mapa de las Tierras Altas, las famosas colinas del norte de Escocia. Las etapas del trayecto estaban señaladas con círculos rojos.

—Este año, nada de castillos en ruinas —había refunfuñado mientras le entregaba el mapa a su abuelo—. ¡Larry dice que son un aburrimiento total!

—¿Preferís ir a cazar el monstruo del lago Ness? —le había preguntado irónicamente el abuelo Godfrey.

La chica había alzado los ojos al cielo.

—Ese es el objetivo que propuso Larry —había revelado—. Pero finalmente lo he convencido para que visitemos los dólmenes y los megalitos más famosos. Me gustaría estudiar el alfabeto de las runas para utilizarlo en mis relatos.

—Muy buena iniciativa —había convenido Godfrey Mistery al tiempo que se ponía las gafas para examinar el recorrido. Estaba a punto de añadir algo más cuando un gigantesco hombretón entró en la sala, proyectando una larga sombra sobre la pared.

Era mister Kent, el mayordomo y sirviente de Agatha. Pese a sus dimensiones de antiguo peso pesado, tenía un comportamiento impecable y vestía un esmoquin hecho a medida.

—Disculpen que los moleste —había dicho con tono neutro—. Miss Agatha, tenemos un pequeño problema...

—¿Qué problema, mister Kent? —había preguntado la chica.

—Estaba ordenando la cocina cuando me he dado cuenta de que Watson ha desaparecido.

—El sistema de alarma no se ha disparado —había intervenido calmosamente el abuelo Godfrey entre anillos de humo—. Sea cual sea el lugar donde se haya ocultado, aún está en casa.

—Echemos un vistazo, si os parece bien —había propuesto Agatha.

Habían iniciado la inspección por las habitaciones de la planta baja, llamando al blanquísimo gato siberiano de Agatha.

—¿Watson? —había susurrado la muchacha mientras avanzaba cautelosamente por los oscuros pasillos—. ¿Dónde estás, gatito?

Después de diez minutos de búsquedas inútiles, se habían reunido en la sala y, mirándose, se habían preguntado dónde podía estar.

—¿Alguien ha mirado en la despensa? —había dicho el mayordomo.

—A lo mejor se ha asustado y ha buscado refugio en el segundo piso —había aventurado el abuelo—. Esas habitaciones están llenas de muebles viejos que ofrecen muchísimos escondites.

Agatha, perpleja, había negado con la cabeza.

—Watson no es glotón, y tampoco miedoso —había murmurado—. Si no me falla la memoria, los felinos siempre buscan un rincón cálido y resguardado cuando llegan a un nuevo lugar.

Había echado una rápida ojeada a la chimenea de la sala, se había apartado el flequillo rubio de la frente y había aguzado el oído.

—¿Oís ese ruido?

—¿Qué ruido, miss Agatha? —había preguntado mister Kent.

—¿Te refieres a Larry, que ronca como una olla a presión? —había dicho entre risas su abuelo.

La muchacha se había acercado a su primo y había levantado suavemente una punta de la manta que lo tapaba hasta el cuello.

Escondido allí debajo, Watson se lamía una pata mientras ronroneaba ruidosamente.

—¿Qué haces aquí, gatito? —había susurrado Agatha—. ¡Si Larry se despierta, empezará a gritar como un loco!

A su primo le daban mucho miedo los gatos. Para evitar que se desencadenase el fin del mundo, tenían que sacar inmediatamente a Watson de allí, sin que Larry se diese cuenta.

Agatha le había dicho a mister Kent que procediese con mucho cuidado.

—¿Preparado? —había preguntado.

Habían actuado al mismo tiempo: mister Kent había levantado a Larry con sus poderosos brazos y Agatha había cogido al gato, que estaba a punto de sacar las uñas. Luego, el mayordomo se había apresurado a llevar al chico a su dormitorio y lo había metido debajo de las mantas.

El abuelo Godfrey había asistido a la operación en absoluto silencio.

—Muy buen trabajo —había dicho finalmente—. ¡Y qué perspicacia has demostrado!

Ella había sonreído.

—Si quiero ser escritora, tengo que entrenar el espíritu de observación en todo momento —le había confiado tímidamente a su abuelo.

Este se había acariciado la barba con una expresión de admiración. Entre sus parientes corría la voz de que Agatha tenía unas actitudes extraordinarias para su edad: era una ávida lectora, recordaba las informaciones más insignificantes y tenía intuiciones formidables. Aquella tarde, él también había presenciado una demostración de las habilidades investigadoras de su nieta.

—Mañana nos espera un largo viaje, más vale que vayamos a descansar —había añadido su abuelo, satisfecho, mientras esparcía las brasas de la chimenea—. Desayunaremos a las ocho y media, ¿de acuerdo?

Agatha había asentido y lo había abrazado con

ternura. Un momento después ya estaba acostada. Había mullido la almohada de plumas y había enterrado la nariz en una guía de Escocia que había cogido de la biblioteca de sus padres en Londres.

A la mañana del día siguiente, cuando se despertó, Agatha aún tenía el libro abierto en sus manos.

Corrió a la cocina, donde la esperaban una jarra de té caliente y unas olorosas tortitas de arándanos.

Larry no estaba allí.

—¡Mister Kent! —gritó Agatha, asomando la cabeza al pasillo—. ¿Puedes ir a despertar a ese gandul?

Oyó que golpeaban en la ventana y fue a abrir los postigos. El mayordomo llevaba en las manos una bombona de gas para el globo y sudaba a chorros.

—Si busca al señorito Larry..., ha dejado escrito que iba al pueblo, que había quedado —dijo.

—¿Que había quedado? —replicó ella—. ¿Con quién?

—No se lo puedo decir, miss Agatha —se excusó él.

La muchacha estaba desconcertada. ¿Larry, tan madrugador? ¡Increíble! Solo esperaba que volviese a tiempo para la excursión.

Seguida a poca distancia por Watson, Agatha se vistió en un periquete y fue a buscar a los otros al campo de vuelo, que era una amplio prado situado detrás de la casa y rodeado por un bosquecillo en el que soplaba el viento. El abuelo Godfrey y mister Kent habían tendido sobre el terreno la tela de nilón del globo y ponían de lado el cesto donde se acomodaban los pasajeros, llamado también barquilla. Así podían encender el quemador que permitía llenar el globo con aire caliente.

Agatha observó atónita los preparativos durante unos minutos. Era un globo de dimensiones colosales, con la tela dividida por una serie de franjas amarillas.

—¿Has visto qué nombre le he puesto? —le preguntó el abuelo Godfrey con tono complaciente. Luego cogió a su nieta de la mano y la llevó al centro de la lona. Entonces ella vio las enormes letras de color rojo: **MISTERY BALLOON**, «globo Mistery» en inglés.

—¡Viajaremos en el globo de la familia! —se alegró Agatha—. ¡Abuelo, es precioso!

—Aún lo será más cuando surque el cielo de las Tierras Altas —dijo un sonriente Godfrey Mistery mientras estiraba muy orgulloso sus tirantes por debajo de la chaqueta—. ¡Todos agitarán sus pañuelos cuando pasemos por encima de ellos!

En aquel preciso momento vieron una bicicleta que bajaba como un rayo por la cuesta de delante de casa y se introducía directamente en el bosquecillo. Agatha reconoció a su primo Larry, que, falto de habilidad, chocó contra un enorme alerce y soltó un grito de dolor.

El chico se puso en pie, se desembarazó de la destrozada bicicleta y echó a correr hacia ellos.

—¡Deteneos! —gritaba agitando los brazos—. ¡No infléis el globo!

Mister Kent, conservando su envidiable flema, preguntó:

—¿Qué le ocurrirá al señorito Larry?

—Probablemente, la escuela le ha confiado una nueva misión —suspiró Agatha—. Me parece que tendremos que aplazar la excursión a las Tierras Altas. —Un momento después volvió a sonreír y preguntó despreocupadamente—: ¿Has participado alguna vez en una investigación, abuelo?

2. El viaje del «Mistery Balloon»

De pronto, el campo de vuelo se revolucionó. Aún fatigado por la carrera, Larry anunció que el programa del viaje había cambiado: en vez de ir al norte, tenían que dirigirse hacia el nordeste, hacia la costa oriental de Escocia.

—Será mejor que cojamos la limusina —sugirió el chico mientras se frotaba el codo dolorido—. Nuestro objetivo es un castillo a pocos kilómetros de Aberdeen.

—Vaya coincidencia, ¿no? —bromeó Agatha—. ¿No decías que ya estabas harto de viejos caserones en ruinas?

Pasando por alto la ironía de su prima, Larry pulsó una serie de botones en el teclado del EyeNet y mostró medio ofuscado el mensaje de la escuela:

AGENTE LM14,
DESAPARECIDA VALIOSA RELIQUIA HISTÓRICA
A LAS 8.35 HORAS EN EL CASTILLO DE DUN-
NOTTAR, ABERDEEN. ACUDA ALLÍ Y RESUELVA
EL ENIGMA CON LA MÁXIMA URGENCIA. SI NO,
SUSPENDE SEGURO. INFORMACIONES DETALLA-
DAS EN EL DOSIER ADJUNTO.

El abuelo Godfrey sabía que Larry estaba matriculado en una escuela para detectives, pero no se imaginaba que los exámenes fuesen investigaciones reales. Y, sobre todo, ignoraba que Agatha lo siguiese en sus peligrosas misiones por todo el mundo. ¡Aquellos dos muchachos le recordaban mucho a sus padres, siempre dispuestos a ir a la aventura!

Mientras se animaba la discusión sobre los preparativos, el abuelo Godfrey tosió ligeramente para llamar la atención.

—Con el viento a favor, el globo nos llevará al castillo de Dunnottar en un abrir y cerrar de ojos —dijo con tono afable. Y, viendo la perplejidad reflejada en sus caras, añadió—: Tenéis prisa, ¿no?

Larry alzó los ojos hacia el cielo sereno.

—¿Cuánto tiempo ahorraríamos? —preguntó dubitativo—. ¿Estaríamos allí hacia las doce?

Una aguda sonrisa se dibujó entre la barba del abuelo Godfrey.

—Mi querido nieto, conozco un montón de atajos allí arriba, entre las nubes —dijo muy orgulloso—. Bueno, ¿qué me decís?

Se produjo un largo momento de indecisión, roto por la voz estridente de Agatha.

—Nos has convencido, abuelo —exclamó—. ¡Venga, Larry, vayamos a toda pastilla a descargar los datos del dosier!

Sin entretenerse ni un momento, su abuelo dejó en el suelo la chaqueta de *tweed*, se arremangó la camisa y se puso a trabajar con entusiasmo.

—Hagamos volar este globo tan alto como podamos —dijo para incitar a mister Kent.

—Como desee, señor Mistery —replicó inmediatamente el mayordomo.

Accionaron el quemador de gas butano y la lona empezó a llenarse de aire caliente como una tarta que se hincha en el horno.

Mientras, los dos primos llegaron al estudio de su abuelo, en el interior de la casa. Las paredes estaban cubiertas por retratos y fotografías de sus parientes, que parecían espiarlos a escondidas.

—Me siento ligeramente observado —confesó el chico, inquieto.

Larry era por naturaleza un joven desconfiado, pero su humor empeoraba terriblemente cuando había por medio un examen de la escuela.

Para tranquilizarlo, Agatha se le adelantó en

los procedimientos habituales: conectó el EyeNet al ordenador, clicó en los archivos del dosier y puso en marcha la impresora.

—Está devorando un montón de folios —comentó con tono alegre—. ¡Ahora solo nos queda escuchar las instrucciones de la misión!

Pareció como si Larry se despertase de una pesadilla.

—¡Ah, sí, tienes razón! —exclamó. A continuación se arrojó sobre la butaca de su abuelo y visualizó la presentación.

Ambos esperaban un discurso del bigotudo profesor de Prácticas Investigadoras, pero en la pantalla apareció una señora muy delgada con un cuello de avestruz, unas pestañas larguísimas y una vaporosa cabellera.

El joven detective tragó saliva por la sorpresa: ¡era la agente MD38, la directora de su escuela!

—Buenos días, detective —comenzó la mujer—. Como ya habrá comprendido, nos encontramos

ante una emergencia. Usted es el agente que se encuentra más cerca del objetivo, de manera que su labor es de vital importancia. —El agente MD38 cogió rápidamente una nota de su escritorio—. Escúcheme con atención. Hace unas horas, durante la inauguración de una exposición en el castillo de Dunnottar, robaron la famosa espada del rey de Escocia. ¿Sabe de qué hablo, LM14?

Larry trasladó la pregunta a su prima:

—Me imagino que lo tendrás en un cajón de tu memoria, ¿no?

Agatha movió afirmativamente la cabeza y volvió a concentrarse y a tomar apuntes en su libreta.

La directora continuó con ritmo acelerado.

—El caso presenta una rareza singular —reveló—. Todos los presentes en la inauguración se durmieron profundamente al mismo tiempo y, cuando se despertaron, la espada había desaparecido. Encontrará la lista de los presentes en el dosier. La Eye International ha sido informada inmediatamente del caso, antes de que interviniesen la policía y los periodistas. Nadie ha abandonado el escenario del crimen. —La mujer se calló un momento y adoptó una expresión seria —. Agente LM14, descubra al culpable y recupere la espada antes de que llegue la noche, de ello depende la reputación de la agencia. ¡Buena caza!

El rostro de la directora desapareció en medio de un estallido de resplandores violetas, como si fuese el genio de la lámpara.

38

—Estos profesores tuyos, siempre tan pintores-
cos... —comentó Agatha con tono divertido.

Larry, en cambio, se había quedado paralizado
como una estatua de sal y murmuraba:

—¡Este caso es demasiado difícil para un cero
a la izquierda como yo! Debería haber dejado
el EyeNet apagado esta mañana, ¡si seré burro!
Ahora podría estar todavía con Dorothy, ¡pero en
cambio, me he metido en un buen fregado! Ahora
mismo llamo y les digo que estoy enfermo...

—¡No te dejes dominar por el pánico! —intervino
Agatha—. ¡Ya verás cómo resolvemos este enigma!

El chico parpadeó.

—¿Lo crees de verdad, prima?

—Por supuesto —lo animó ella—. Puedes contar
conmigo, con mister Kent y con el abuelo Godfrey.
—Echó una ojeada por la ventana y metió el dosier
en su bolso—. ¡Deprisa, que el globo ya está preparado! —Agatha cogió a su primo por el jersey
de lana y tiró de él hacia el campo de vuelo.

Los dos primos subieron por una escalerilla que colgaba de la barquilla del globo y se sentaron en unos minúsculos asientos dispuestos para los pasajeros. Mister Kent, que ocupaba la mitad del espacio disponible, preguntó cortésmente:

—¿Podemos despegar, señores Mistery?

Cuando Agatha asintió, su abuelo Godfrey puso al máximo la llama del quemador y el globo empezó a elevarse lentamente.

Aquella era la fase más emocionante del viaje, y todos permanecieron en silencio y observando el paisaje, que cada vez se hacía más pequeño.

Cuando el *Mistery Balloon* alcanzó la altura adecuada para aprovechar las ráfagas de viento que soplaban hacia el nordeste, Agatha le preguntó a su primo:

—¿Quién es Dorothy, si no es indiscreción?

—¿Dorothy? Solo es una amiga de la infancia —contestó Larry, con la cara roja como un tomate.

Su prima le guiñó un ojo.

—No será tu novia, ¿verdad? —insistió.

—Pero ¿por quién me has tomado? —refunfuñó él—. ¡Yo soy un detective muy duro!

—Pues nuestro detective tiene que conectar inmediatamente su cerebro —lo riñó Agatha con tono benévolo—. ¡Todavía hay millones de cosas que hacer!

Mister Kent y el abuelo Godfrey a duras penas consiguieron reprimir una carcajada.

Mientras el globo sobrevolaba el fiordo de Edimburgo, los dos chicos hicieron un rápido resumen de la misión y pasaron el dosier a mister Kent, que empezó a hojearlo con mucho interés.

—Hace un momento habéis hecho referencia a la espada del rey de Escocia —se interesó el abuelo—. Os juro que nunca he oído hablar de ella.

Agatha se golpeó la punta de la nariz con los dedos, muy concentrada.

—Si no me engaña la memoria —empezó a decir—, era la *claymore* de Robert Bruce, que en la edad media liberó Escocia del dominio inglés.

—¿Qué es una *claymore*? —la interrumpió su primo.

El mayordomo extrajo del dosier la foto de una espada manejable, con la empuñadura en forma de cruz y con una hoja corta. Era el arma tradicional de los clanes escoceses, la de la película *Braveheart*.

—Perfecto, mister Kent —le agradeció la muchacha—. A veces, una imagen vale más que mil palabras.

Su abuelo examinó detenidamente la foto.

—Un trabajo precioso, con decoración de metales nobles y ningún síntoma de oxidación —comentó—. ¿Cuánto puede costar una reliquia así?

—Su valor es sobre todo simbólico —replicó su nieta—. Según los expertos, representa la primera unificación de los clanes escoceses bajo una única bandera.

—Entonces crees que al ladrón no le interesa el dinero, ¿verdad? —aventuró Larry.

Agatha meneó la cabeza, pensativa.

—Todavía es demasiado pronto para saberlo —suspiró. Luego se volvió hacia el mayordomo y le pidió la lista de los presentes en la inauguración. Le echó una rápida ojeada—. Desgraciadamente, parece que en la exposición había muchas personas apasionadas por las antigüedades —reflexionó en voz alta—. En cualquier caso, antes de preocuparnos por el móvil, debemos prestar atención a los detalles.

—¿Qué quieres decir? —le preguntó Larry.

Ella permaneció un momento contemplando el paisaje y acariciando lentamente a Watson. El globo sobrevolaba un brezal infinito, y en la lejanía se divisaba la ciudad de Dundee.

—¿Qué más hay en el dosier? —preguntó finalmente.

Mister Kent hizo un rápido resumen de sus principales elementos: la historia de la fortaleza, el plano de la misma y diversas imágenes tomadas desde un satélite, una concisa biografía de los miembros del comité organizador y de los invitados y la transcripción de la llamada del director del castillo a Eye International.

Agatha dirigió una nerviosa mirada a su reloj.

—Examinemos el dosier hasta el más pequeño detalle y establezcamos juntos un plan de acción —propuso—. Pero antes, ¿qué os parece si comemos algo?

Larry se entusiasmó.

—¡Me lees el pensamiento, primita!

—Yo también sentía cierto desfallecimiento —sentenció mister Kent.

El abuelo Godfrey repartió unos bocadillos de queso, y todos empezaron a comer mientras se pasaban los folios del dosier.

3. EL CASTILLO DE DUNNOTTAR

El globo avanzaba sin problemas sobre la costa del mar del Norte, sobrevolando rocas contra las que rompían olas espumosas y playas blancas en las que descansaban colonias de focas. De vez en cuando, el abuelo Godfrey consultaba el altímetro y cambiaba de altura para aprovechar los vientos favorables. Tal como había prometido, el viaje era rápido, y solo faltaba media hora para llegar a su destino.

Los cuatro pasajeros del *Mistery Balloon* habían estudiado a fondo los documentos del dosier, y cada uno de ellos había expresado su opinión. Había llegado el momento de organizar las investigaciones.

47

—Reconstruyamos la escena del crimen por última vez —empezó Agatha—. Poco después de las 8.15, todos los presentes en la inauguración se durmieron profundamente, como si hubiesen respirado cloroformo. Todos excepto miss Stone, la secretaria del joven anticuario que ha organizado la exposición. Ella había salido del castillo para coger su bolso del coche, y cuando regresó, veinte minutos más tarde, la espada del rey de Escocia había desaparecido y yacían en el suelo treinta personas dormidas.

—Cuando miss Stone volvió, los invitados despertaron y contaron que habían presenciado extraños fenómenos: disparos, ruidos siniestros y apariciones de fantasmas —prosiguió Larry—. Para evitar males mayores, el director del castillo decidió contactar con Eye International antes de avisar a la policía.

—Y desde ese momento, para facilitar las investigaciones, ha ordenado que nadie abandone la fortaleza—concluyó lacónicamente mister Kent. A continuación se ajustó bien la corbata y precisó—: La prohibición acabará cuando se ponga el sol, naturalmente.

En el rostro de Larry se dibujó una expresión de desánimo.

—Exacto —dijo entre suspiros—. ¡Si no resolvemos el caso antes del atardecer, mi carrera de detective se irá a la porra!

Tras estas palabras, todos volvieron a reflexionar en silencio. De pronto, se vieron envueltos por una espesa neblina, un blando banco de nubes que enturbiaba la vista. Parecía como si atravesasen una gran bola de algodón.

Este desagradable fenómeno contribuyó a que al abuelo Godfrey se le ocurriese una idea.

—¿Y si la espada estuviese aún en el castillo? —preguntó—. ¡A lo mejor el ladrón la ha ocultado en una cavidad del acantilado, en una habitación secreta o en una cueva natural!

—Sería genial —respondió Larry, esperanzado—. Tal vez deberíamos concentrarnos en buscar la espada y tratar de descubrir al culpable después, cuando la hayamos recuperado.

En aquel momento, los ojos de Agatha brillaron con astucia.

—¡Muy buenas observaciones! ¡Aquí era precisamente adonde quería llegar! —exclamó radiante.

Larry, que la conocía muy bien, le preguntó sin pensárselo dos veces:

—¿Qué te ronda por la cabeza, primita?

Agatha se puso en pie de un salto y empezó a caminar por el estrecho espacio del interior de la barquilla, con la cabeza baja y el dedo índice en alto.

—Considerando detenidamente vuestros análisis, tengo un plan que podría funcionar de maravilla, aunque requiere que preparemos una pequeña trampa.

Todos la miraron con gran interés.

—¿Qué clase de trampa, miss Agatha? —preguntó el mayordomo sin inmutarse.

Ella se frotó las manos.

—Digamos que una especie de representación teatral. Cada uno de nosotros tendrá que interpretar un papel —dijo.

El bromista de Larry sonrió socarronamente.

—¡No hay duda de que tienes inventiva, prima!

Pero su sonrisa no duró mucho.

La muchacha explicó a sus compañeros de viaje el papel que tendría cada uno de ellos: el abuelo Godfrey haría de detective experto, mister Kent sería su amenazador guardaespaldas, y ella y Larry, un par de ineptos aprendices.

—¿Por qué he de hacer yo de aprendiz? Y, sobre todo, ¿por qué tengo que ser inepto? —se quejó Larry.

—Seguro que no te has visto bien —le respondió Agatha, mirándolo de arriba abajo—. ¡Pareces un pescador de truchas, primo!

El abuelo se desternillaba de risa, y Larry se tapó la cara de vergüenza. Con las prisas por levantar el vuelo, había olvidado cambiarse la extravagante ropa que se había puesto para acudir a la cita con Aileen.

—No lo entiendo —intervino el impasible mister Kent—. ¿Para qué servirá nuestra actuación, miss Agatha?

—Para distraer —contestó rápidamente la muchacha—. Mientras mi abuelo interroga a los presentes, Larry y yo buscaremos la espada y otras pistas sin llamar la atención, y tú no perderás de vista a los invitados; cuando entremos en acción ya estarán cansados e intentarán salir del castillo, pero tú sabrás convencerlos para que se queden… —concluyó guiñando un ojo.

Tras varios minutos de acalorada discusión, todos coincidieron en que era una ingeniosa estratagema. Agatha escribió la lista de preguntas que debía hacer su abuelo a los testigos, y juntos repasaron el plano del castillo y la lista de invitados.

Estaban tan concentrados que no se dieron cuenta de que ya sobrevolaban Dunnottar.

En cierto momento oyeron gritos que los saludaban y corrieron a mirar hacia abajo desde el antepecho. Ante sus ojos apareció un espectáculo asombroso: la fortaleza, compuesta por diversos edificios —un torreón, una residencia señorial y diversas ruinas—, se alzaba encima de un promontorio rocoso que caía verticalmente sobre el mar. Tenía

una única vía de acceso, y estaba rodeada toda ella de altas murallas.

Alrededor del solitario promontorio, una estrecha carretera recorría las dulces colinas escocesas, y en un prado había varios coches aparcados.

La fama del castillo de Dunnottar era merecida: parecía realmente inexpugnable.

El abuelo Godfrey sacó el reloj de su bolsillo.

—Las doce en punto —afirmó contento—. ¡Puntualidad absoluta!

Los chicos lo felicitaron y dejaron que preparase el descenso.

En el espacio cubierto de hierba que había en el centro del perímetro de la fortaleza se reunieron rápidamente unas veinte personas. Agatha se fijó en que todos vestían ropa elegante para celebrar la exposición pública de la famosa espada. El único detalle que no se esperaba era el coche de la policía que estaba aparcado fuera de las murallas del castillo.

Inmediatamente se lo señaló al mayordomo.

—¿No decía nada el dosier sobre él? —le preguntó.

—No, miss Agatha. Seguro que los dos policías de ahí fuera no saben nada del robo —respondió el mayordomo.

—Sí —lo cortó rápidamente la muchacha—. Y, por supuesto, no seremos nosotros quienes les demos esa información.

Cuando el globo aterrizó con una maniobra suave y de precisión milimétrica, estallaron los aplausos. A continuación, un hombrecillo calvo envió a todos los presentes al interior de la residencia señorial. Solo el comité organizador recibió a los visitantes.

—Bienvenido, agente LM14 —saludó el director del castillo.

Agatha clavó un ligero codazo en las costillas de su abuelo, que estaba cerrando las válvulas del gas.

Él se volvió y agitó el sombrero haciendo una reverencia.

—Hola, usted debe de ser mister McKenzie —replicó.

—En persona —dijo el hombrecillo calvo, envarándose—. Si me lo permite, le presento a los señores que me acompañan.

—¡Con mucho gusto! —contestó el abuelo Godfrey sonriendo.

Agatha estrechó las manos del profesor Brown, que era el organizador y el artífice de la exposición, y de los dos principales inversores, el adinerado conde Duncan y el riquísimo y muy corpulento magnate del petróleo, McClure.

Todos quedaron impresionados ante la mole humana que era mister Kent y apenas prestaron atención a los dos jóvenes aprendices. Todo se desarrollaba como lo habían previsto.

—Bien —dijo el director McKenzie—, ahora que hemos acabado con las formalidades, los llevo inmediatamente a la sala de armas, donde podrán iniciar las investigaciones.

Los escoltaron hasta el interior de la residencia del castillo, donde aún flotaba el olor a barniz fresco aplicado en la reciente restauración. Traspasada la entrada, se encontraron en una sala llena de armas, escudos y armaduras; también había maniquíes vestidos con el típico *kilt* escocés y muchísimos objetos más de época medieval.

Los invitados estaban sentados en una serie de mesas colocadas en el pasillo central de la sala. No tenían buena cara y se entretenían picando los pastelillos y otras exquisiteces del refrigerio, sin apenas hablar entre ellos. Probablemente estaban agotados por tantas horas de espera.

Todos pertenecían a las altas esferas de la sociedad: nobles de rango, artistas de vanguardia, deportistas famosos, especuladores y políticos de la zona.

También había una niña, un fotógrafo y un

músico que tocaba la cornamusa. La secretaria Stone estaba sentada aparte y mostraba una expresión bastante triste.

La comitiva llegó al fondo de la sala y se detuvo ante una vitrina de vidrio.

—Aquí estaba la espada del rey de Escocia —dijo el profesor Brown, un seductor hombre de unos treinta años con pinta de dandi—. Como ven, el ladrón ha abierto la vitrina sin necesidad de romperla —ironizó—. Y pensar que había aconsejado que instalasen una alarma de infrarrojos... ¡Obviamente, nadie me hizo caso!

—¿Qué sabe usted de eso, profesor Brown? —El conde Duncan se había puesto nervioso y tenía la cara completamente roja—. ¡Seguro que en toda su vida nunca ha tenido que soltar ni un solo penique!

—Exacto, ¡usted no hace más que charlar, profesorcillo de pacotilla! —echó más leña al fuego el magnate McClure, muy acalorado.

—¡Calma, calma! —El director McKenzie intentó poner orden—. ¡No podemos seguir culpándonos unos a otros!

El abuelo Godfrey tosió repetidamente, pero ellos solo dejaron de pelearse cuando mister Kent chascó los dedos al tiempo que les dirigía una fiera mirada.

—Sobre todo, no intentes intervenir —susurró Agatha al oído de su primo—. Salgamos de la sala lo antes posible y dejemos que el abuelo se las apañe.

—¿Podrá sacarles alguna información útil? —replicó él, dubitativo—. ¡Esta gente no sabe hacer nada más que pelearse!

—De eso se encargará mister Kent, no te preocupes —sonrió Agatha—. Se le da muy bien eso de mantener a la gente a raya.

Un momento después, hizo una señal al abuelo Godfrey. Este se colocó en el centro de la sala y explicó a los presentes cómo pretendía realizar los interrogatorios. Inmediatamente hubo un estallido de protestas, pero el abuelo les advirtió que dirigiesen las quejas directamente a su guardaespaldas.

Mister Kent lo confirmó con un gruñido intimidatorio.

En cuanto todos se callaron, el abuelo Godfrey anunció que nadie podía salir de la sala mientras sus jóvenes aprendices exploraban el castillo. Luego dio las gracias a los invitados y les pidió que lo acompañasen al despacho privado del director McKenzie, al fondo de la sala de armas.

¡La misión de los primos Mistery podía empezar por fin!

4. UN PASEO POR LAS RUINAS

—Tu estratagema funciona a la perfección —dijo Larry en cuanto salieron de la residencia—. Nadie nos molestará durante un buen rato.

Agatha observaba la zona de las ruinas con una mirada indagadora.

—¿Tienes el plano? —preguntó.

—¡Ah, sí, aquí!

—¿Y las fotos por satélite?

Larry sacó de uno de sus bolsillos unas hojas retorcidas, las alisó con gestos rápidos y las enseñó a su prima.

—Yo empezaría por esos edificios derruidos y dejaría el torreón para el final —propuso.

—Me parece muy bien —contestó Agatha, concentrada al máximo—. ¡Venga, pongámonos en marcha!

Visitaron las ruinas de una pequeña iglesia muy próxima a las murallas. De la antigua construcción solo quedaba un perímetro de piedras desencajadas entre matas de brezo.

—¿Ves algo? —preguntó Larry mientras inspeccionaban el terreno.

—La hierba de alrededor está pisoteada —respondió Agatha—. Pero no me parece un rastro reciente. Si no me engaña la memoria, el castillo ha estado abierto al público los últimos días. Excepto la sala de armas, obviamente.

—¿Y qué quiere decir eso?

La muchacha se encogió de hombros.

—Que, probablemente, por aquí encontraremos muchas pistas falsas —replicó.

Larry se incorporó con un pequeño objeto en la mano y preguntó:

—¿Te refieres a algo como esta caña tan rara?

Su prima la examinó mientras se acariciaba la nariz.

—¡Felicidades, Larry! —exclamó abriendo los ojos como platos—. ¡Acabas de encontrar la primera pista interesante!

Él meneo la cabeza, sorprendido.

—¿Una pista? ¡Pero si es un simple trozo de caña!

—Fíjate bien. —Agatha la cogió con un pañuelo, sopló en su interior y por el aire se difundió un sonido aflautado—. Debería confiar más a menudo en mis cajones de la memoria. ¡Estoy segura de que este tubito sirve para tocar la cornamusa! —afirmó satisfecha.

Larry se rascó la barbilla.

—¿Quieres decir que la ha perdido el músico? —preguntó.

—Eso lo comprobaremos más tarde —respondió Agatha mientras metía el objeto en una bolsita transparente. Siempre llevaba alguna por si la necesitaba—. ¡Venga, aprovecha tu olfato para encontrar nuevas pistas! —dijo, animando a su primo.

Pero no fue Larry quien encontró la siguiente.

Bordeaban las murallas para ir hacia el pozo cuando vieron que Watson corría por el patio y empujaba con sus patas una pelota blanca.

—¿Por qué no le pones una correa a esa bestia? ¡No hace más que dormir, comer y jugar! —rezongó Larry.

Agatha lo miró ofendida y se arrodilló para acariciar al gato. Entonces descubrió que lo que tenía Watson entre sus garras era una pelota de golf.

—¿Puedes mirar la lista de invitados, por favor? —le preguntó a su primo—. Si no me equivoco, en ella tiene que figurar un golfista.

—No te equivocas —respondió él mientras repasaba la lista con el dedo—. ¡El señor Gray, un campeón internacional!

Agatha guardó la pelota en otra bolsa de plástico, procurando no dejar sus huellas en ella.

—En pocos minutos ya hemos encontrado dos pistas. La situación es más compleja de lo que creíamos —dijo mientras se levantaba.

—¿Por qué más compleja? —se sorprendió el chico.

—Corremos el peligro de que haya demasiadas pistas. Nos confundirían las ideas —contestó ella secamente.

—¿Y qué piensas de esta pluma de pavo? —El joven detective la había cogido mientras volaba por el aire—. Creo que en la sala había una señora con un extraño sombrero de plumas…

—Ya lo ves, exactamente lo que te decía —resopló Agatha mientras introducía la pluma en la enésima bolsa—. ¿Cómo habrá llegado hasta aquí?

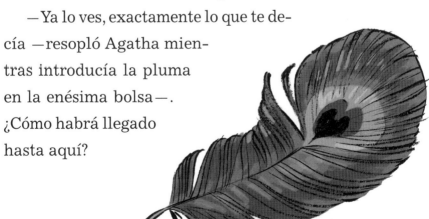

—A lo mejor se ha desprendido cuando hemos aterrizado con el globo.

—La señora está demasiado gorda, y no recuerdo que estuviese aquí fuera saludándonos.

Muy pensativa, Agatha se dirigió con grandes zancadas hacia el pozo. Era una balsa amplia y de forma octogonal, de unos cinco metros de profundidad y llena de agua fangosa de la que emergían restos muy variados.

—Este sería el lugar ideal para esconder la espada —reflexionó.

Su primo se asomó para mirar y rápidamente apartó la cabeza.

—Apesta como una alcantarilla al aire libre —gimió—. ¿No pretenderás bajar para registrar el fondo, ¿verdad?

—Precisamente, en eso estaba pensando —bromeó Agatha. Luego se puso seria—. Para examinar bien el fondo, tendríamos que vaciar la balsa —valoró. Se tapó la nariz y observó el interior de la balsa desde diversos ángulos—. Creo que algo resplandece —murmuró llena de curiosidad.

Pero aquel brillo debió de ser un simple juego de luces, porque durante los minutos siguientes no se volvió a repetir.

Larry le metió prisa.

—Prima, aquí no podemos hacer nada, vamos al torreón. No sé cuánto tiempo nos queda antes de que el abuelo acabe los interrogatorios —dijo.

Agatha echó una rápida ojeada al reloj.

—Tienes razón, ya son casi las dos.

Los chicos zigzaguearon a paso ligero entre los edificios derruidos y llegaron a la cumbre del promontorio, donde las murallas formaban un ángulo recto.

Un torreón de piedra maciza se alzaba sobre el acantilado.

Estaba desmochado a la altura del segundo piso y horadado por los cañonazos de antiguos asedios, pero aún conservaba su imponente aureola.

Los dos primos entraron en el torreón y avanzaron en silencio, como intimidados por aquellas piedras seculares.

—Nos encontramos en el corazón del castillo de Dunnottar —susurró Agatha mientras entraban en una sala—. ¿Sabes cuándo colocaron su primera piedra?

Su primó negó con la cabeza.

—Los estudiosos han descubierto que fue una fortaleza del pueblo de los pictos —explicó la muchacha como si leyese un tratado de historia—. Erigieron Dunnottar hacia el siglo v, después los vikingos invadieron la fortaleza, que con el paso del tiempo fue ocupada por diversos clanes escoceses y por los conquistadores ingleses.

—Interesante —murmuró Larry, que notó un escalofrío cuando entraron en otra estancia. Luego añadió—: Prima, ¿no tienes una linterna? ¡Esto está más oscuro que la boca del lobo!

Ella sacó una que había cogido en casa de su

abuelo por precaución e iluminó el suelo. No pudo ser más oportuna, porque Larry estaba a punto de meter el pie en un agujero.

El chico lo esquivó a la vez que lanzaba un grito de sorpresa, tropezó con un piolet y cayó cuan largo era.

—¡No toques nada! ¡Puede haber pistas importantes! —gritó Agatha.

Larry se levantó y se apresuró a sacudir su polvorienta ropa.

—¿Pistas? —murmuró—. ¡Un poco más y caigo por ese maldito agujero! —Pero, de pronto, cambió su expresión y susurró—: Aunque tal vez...

—Exacto, primo —se le adelantó la muchacha, inclinada sobre la cavidad—. El ladrón podría haber utilizado este agujero para deshacerse de la espada.

Larry se acercó a su prima y sintió una ráfaga de aire frío que venía de abajo.

—¡Miremos el plano! —decidió.

Abrieron el mapa y enseguida localizaron un paso subterráneo.

—Desciende hasta la base del acantilado y acaba en la playa —dijo Agatha.

—¡Y nuestro ladrón lo sabía!

—Debe de haber horadado el suelo en el punto más blando—siguió la muchacha mientras echaba un vistazo al piolet—. Pero hay algo que no cuadra.

—¿Qué? —preguntó Larry.

Agatha describió círculos con la linterna.

—La cavidad es demasiado estrecha para que una persona pueda pasar por ella —dijo dubitativa—. Salvo que el ladrón le haya dado el botín a un cómplice...

—¡Que se ha ido de la playa en un bote neumático o en una lancha motora! —concluyó la frase el chico.

En aquel preciso instante, Watson salió de la nada y se metió en el agujero.

—No, gatito, ¿qué haces? —gritó Agatha desesperada.

—¡Este gatazo no para! —gritó su primo.

Estuvieron llamándolo un rato y oyeron sus maullidos, que resonaban bajo el suelo. Agatha se puso a caminar arriba y abajo por la oscura cámara, sin saber qué hacer.

De pronto se detuvo y cogió el piolet.

—¡Tenemos que sacarlo de ahí abajo! —anunció con decisión.

—¡Pero si me has dicho que no toque nada!

—¡Me equivocaba!

Con unos fuertes golpes de piolet, la muchacha ensanchó el agujero de forma que ella y Larry pudiesen pasar. Luego exploró la cavidad con la linterna.

—Por suerte, solo tenemos que dar un pequeño salto. Hay muy poco desnivel —dijo.

Bajó ella primero iluminándose con la linterna e hizo un gesto a Larry para que la siguiese.

Mientras recorrían la estrecha galería, los dos primos seguían llamando a Watson, que les respondía con débiles lamentos.

Tardaron más de media hora en llegar a la playa de la base del acantilado. Cuando Larry y Agatha salieron del paso subterráneo, fueron deslumbrados por la luz del sol.

Watson se entretenía con un cangrejo y los observó sorprendido.

—¡Gato malo! —lo riñó Agatha mientras lo apretaba con fuerza entre sus brazos—. ¡Me has dado un buen susto!

A su pesar, Larry también dejó escapar un suspiro de alivio. Después dio un suave golpe en el hombro de su prima.

—Me he fijado en la arena de la playa, Agatha. Si el cómplice ha huido en una embarcación, el reflujo del mar ha borrado su rastro —dijo.

Los dos chicos empezaron a subir hacia el castillo. Parecían desanimados.

5. LAS DECLARACIONES DEL ABUELO GODFREY

Poco después de las tres de la tarde, Agatha y Larry entraron en la residencia del castillo y corrieron hacia el despacho del director. Saludaron con un ligero gesto a mister Kent, que vigilaba la puerta rígido como un guardia del palacio de Buckingham, y se acercaron a su abuelo, que estaba sentado detrás del escritorio.

Mientras dejaban en el suelo el piolet y las otras pistas, vieron que su abuelo se acariciaba la barba con actitud pensativa y la mirada perdida en el vacío.

—¡Esta gente está loca! —empezó a decir Godfrey Mistery con voz temblorosa—. He interrogado a más de treinta personas, y todos me han dado una versión diferente: ¡han añadido detalles que se contradecían entre sí y se han echado la culpa unos a otros!

El abuelo estaba visiblemente irritado y había perdido su actitud señorial.

—Vayamos paso a paso —lo interrumpió Agatha mientras se sentaba en una pequeña butaca acolchada—. ¿Has transcrito las declaraciones, tal como te había sugerido?

—Sí —contestó él, y empujó hacia su nieta una libreta que se deslizó sobre la mesa—. Una página para cada invitado: los datos personales, la transcripción de lo que han visto antes de quedarse dormidos y sus hipótesis sobre lo que ha pasado.

—¿Has encontrado elementos comunes? —intervino Larry, voluntarioso—. Es decir, ¿al menos, los testimonios coinciden en algo?

—¿De verdad lo quieres saber? —preguntó su

abuelo de forma enigmática—. ¿Estás completamente seguro?

Descolocado por aquella pregunta, Larry abrió los brazos y dijo:

—Ah, bueno, sería un buen punto de partida...

—¡La respuesta es no! —tronó su abuelo, desesperado—. ¡No hay más que un montón de disparates!

Agatha decidió hacerse con las riendas de la situación. Tranquilizó al abuelo Godfrey con un abrazo y empezó a hojear la libreta de las declaraciones. La caligrafía era menuda y estaba llena de florituras, como era habitual antiguamente. Las informaciones estaban registradas de manera ordenada, con una precisión digna de un contable.

—Creo que has hecho un gran trabajo —le agradeció—. Ahora mirémoslo juntos e intentemos descartar los testimonios de poco valor.

—Así es como trabajan los detectives —confirmó Larry, que había recobrado de golpe el optimismo—. Hay que circunscribir las investigaciones al menor número posible de sospechosos.

Agatha dirigió una sonrisa cómplice a su primo y lo invitó a sentarse a la mesa.

—¿Por quién nos aconsejas que empecemos, abuelo?

Más tranquilo, el abuelo Godfrey hojeó la libreta y puso el dedo en una página.

—Este lunático afirma que ha oído un tiro. He enviado a mister Kent a registrar a los invitados y no ha encontrado ninguna arma de fuego.

—Por supuesto, ¿qué sentido tendría? —lo interrumpió Larry—. Dormían todos como lirones. Por eso, el ladrón no tuvo necesidad de recurrir a la violencia.

—Esta mujer, una publicista de nervios frágiles, ha visto un fantasma que caminaba por la sala con la cabeza gacha —informó afligido su abuelo—. Pero ¿cómo puede ser?

—¡El siguiente! —lo cortó Agatha.

—¿Y qué decir del pintor de naturalezas muertas que ha oído aullar a un lobo en la sala? —continuó impertérrito el abuelo Godfrey.

—¡Pues sí que se necesita imaginación! —dijo con tono burlón Larry.

Agatha se mordió los labios, reflexionando intensamente.

—¿Estamos seguros de que no son más que imaginaciones? —preguntó finalmente a los otros.

—¡No me digas que te crees estas historias! —se maravilló su primo.

80

—Pues claro que no, ni una sola —contestó la muchacha—. Pero me pregunto qué sustancia puede haber provocado semejantes alucinaciones.

—Tal vez son pesadillas inducidas por la somnolencia —aventuró Godfrey Mistery—. A veces se producen mientras te duermes.

—Exacto —replicó Agatha mientras se golpeaba insistentemente la nariz con el dedo—. Pero tenemos que descubrir cómo esa sustancia pudo vencer a tantas personas a la vez.

—Entonces, ¿no seguimos con las declaraciones? —murmuró Larry—. Lástima, ¡me lo estaba pasando muy bien!

—Tiene razón Agatha —dijo Godfrey Mistery—. El problema principal es qué sustancia se ha utilizado para dormir a los invitados. ¿Tenéis idea de cuál puede ser?

—El cloroformo se respira —reflexionó su nieta—. Pero hay otros anestésicos que se ingieren o se inyectan. ¿Qué piensas tú, Larry?

—Yo excluiría las inyecciones. Es bastante complicado ponerlas —contestó su primo.

—Y los invitados aún no habían comido ni bebido nada cuando se durmieron. El refrigerio estaba previsto para las doce —observó Agatha.

—Pues entonces tiene que haber sido una sustancia gaseosa —concluyó Larry—. Pero ¿cómo ha actuado?

—Si la memoria no me engaña, cuando miss Stone volvió, se encontró las ventanas abiertas de par en par, ¿verdad, abuelo? —preguntó Agatha.

Su abuelo asintió.

—También ha repetido esta versión durante el interrogatorio —afirmó—. Si soltaron un gas en la sala, cuando la secretaria volvió ya se había dispersado.

Larry golpeó fuertemente la mesa con una mano.

—¿Y si ha sido ella? —dijo excitado—. ¡A lo mejor soltó el anestésico en el aire y se inventó la excusa del bolso para alejarse, y después volvió con un pañuelo en la nariz para cometer el robo, entregó la espada a su cómplice y a continuación abrió las ventanas y despertó a todo el mundo! —Cuando hubo acabado aquel torrente de palabras, el chico puso las piernas sobre la mesa y declaró satisfecho—: ¡Caso resuelto, señores!

Agatha no estaba nada convencida de aquello, pero lo secundó.

—Si tus suposiciones son ciertas, tenemos que buscar igualmente pruebas irrefutables.

—¿Queréis interrogar otra vez a miss Stone? —preguntó su abuelo mientras se apresuraba hacia la puerta.

Cuando estaba a punto de girar el pomo, su joven nieta lo detuvo.

—Para capturar a la presa, hay que preparar una trampa —declaró sonriendo con sagacidad.

Como los demás la miraban sin enterarse de nada, Agatha hizo un resumen de todas las pistas

que habían encontrado hasta entonces, insistiendo en que, si la secretaria era culpable, tenía que haberla ayudado un cómplice que había escapado por mar. Luego fue a cerrar la puerta y, en voz baja, le dijo a mister Kent que reuniese al comité organizador.

—Como usted desee, miss Agatha —contestó automáticamente el mayordomo. Luego recordó que debía de parecer más tenebroso y alzó el tono de voz—: ¡Ahora mismo los aviso, jovencita!

Los miembros del comité se presentaron en el despacho cinco minutos después, y enseguida preguntaron si había novedades. El abuelo Godfrey se explayó hablando de las declaraciones como si tuviese la situación bajo control, y sus nietos permanecieron en silencio en un rincón.

—En mi oficio, la palabra «novedad» solo se emplea al final de las investigaciones —comentó con tono afable Godfrey Mistery—. Los he llamado porque tienen que explicarme algunas cosas.

—¿Qué cosas? —se alarmó el director McKenzie, que tenía la calva brillante por el sudor—. Espero que no nos considere sospechosos del robo.

El corpulento conde Duncan le hizo una mueca a su amigo McClure, el riquísimo petrolero de Aberdeen, y dijo:

—A lo mejor quieren esposar al profesor Brown por incompetente —dijo partiéndose de risa—. ¡Creo que sería un alivio para todos!

A sus espaldas, mister Kent hizo crujir su cuello ruidosamente, y en la sala se hizo un tenso silencio.

—Ninguno de ustedes se halla entre los sospechosos —los tranquilizó Godfrey Mistery—. Pero tienen que explicarme todo lo que saben de miss Stone.

Las miradas apuntaron al joven profesor Brown.

—¿Miss Stone? —repitió él con su cadencia afectada—. En verdad, no hay mucho que decir. La contraté como secretaria el mes pasado para que me ayudase a preparar la exposición. Es una persona inteligente, pero algo desmemoriada.

Larry interrumpió al seductor anticuario.

—¿Se refiere al bolso olvidado, profesor? —preguntó.

—No solo a eso, obviamente —respondió el profesor—. Cuando está bajo presión, miss Stone tiende a perder las cosas fundamentales. —Después de una corta pausa, añadió con indiferencia—: Creo que mañana la despediré.

Agatha, que hasta aquel momento había sentido

simpatía por el atractivo profesor, notó que en su interior le crecía un impulso de rabia.

—¿Qué era eso tan importante que contenía el bolso? —le preguntó esforzándose por mantener la calma.

El profesor Brown se alisó cuidadosamente su cabello de dandi.

—Contenía los papeles sellados del museo de Edimburgo —suspiró amargamente—. Sin esos permisos, no podíamos exponer la espada del rey de Escocia aquí, en el castillo de Dunnottar. ¡Además, tendremos que indemnizar al museo con una buena suma de dinero!

6. EL BOLSO
DE MISS STONE

Tras la noticia de la indemnización, mister Kent tuvo que recurrir a su larga experiencia como guardia de seguridad para reprimir la pelea que se desencadenó.

El más agitado era el petrolero McClure, que parecía estar en muy buena forma física y amenazaba con estrangular al profesor Brown con una sola mano.

—¡Me las pagará, profesorcillo! —gritaba—. ¡Me he gastado un montón de dinero para preparar la exposición y quiero recuperar hasta el último céntimo! ¡Recibirá una llamada de mis abogados!

Mister Kent le tapó la boca delicadamente y lo obligó a sentarse en una silla.

Los otros miembros del comité organizador manifestaron su malestar de diversas maneras: el director McKenzie repetía en voz baja que estaba arruinado, el conde Duncan gruñía pensando en las burlas de sus amigos y el profesor Brown valoraba cómo repercutiría el asunto en su actividad como anticuario.

—¡Señores, escuchen! —exclamó el abuelo Godfrey—. ¡Procuren mantener una actitud propia de caballeros; la confusión obstaculiza nuestras investigaciones!

—¿Aún tiene dudas, detective? —intervino con tono arrogante McClure—. ¡Arreste a esa secretaria y acabemos con esta farsa de una vez!

Larry miró a su prima con una expresión que venía a decir: «¿Qué te había dicho?».

Ella no le hizo caso y murmuró algo al oído de su abuelo.

Godfrey Mistery asintió con la cabeza. Luego ordenó a los presentes en un tono que no admitía réplicas:

—Ahora tengo que pedirles que salgan. Comprobaremos las pruebas que hay contra miss Stone y muy pronto les anunciaremos la solución del caso.

Los miembros del comité organizador parecían aliviados, y mister Kent los acompañó fuera del despacho.

Mientras el mayordomo iba en busca de la secretaria para someterla a un nuevo interrogatorio, Agatha echó un vistazo a la sala de armas y vio que los invitados, sentados a las mesas, hablaban entre ellos preocupados, preguntándose qué había pasado.

La muchacha cerró la puerta y meditó un momento con la mirada perdida en el vacío.

Las agujas del reloj corrían de forma inexorable: ya eran las cuatro y media.

Agatha habló en voz baja al oído de su abuelo y volvió a sentarse en la silla del rincón. Relajado en la butaca, Larry estaba exultante.

—A veces eres demasiado obstinada, querida prima —la pinchó—. ¡No te rindes ni ante la evidencia!

—¿Evidencia? —respondió Agatha—. Para mí, la secretaria Stone es inocente.

En aquel preciso momento oyeron que llamaban a la puerta y respondieron a coro:

—¡Adelante!

Entró una hermosa joven de unos veinte años que vestía un traje chaqueta muy arrugado y llevaba un maquillaje que la hacía parecer mayor. Se sentó con desgana ante el escritorio, puso las manos sobre las rodillas y bajó la cabeza.

91

—¿Cómo puedo ayudarlo, detective? —murmuró, tímida, sin alzar la vista.

Godfrey Mistery se ajustó la pajarita: era la señal para que su nieta empezase a hablar. Agatha cogió una silla y la colocó al lado de la secretaria, tratando de buscar su mirada evasiva.

—¿Cómo se llama su cómplice, miss Stone? —preguntó inesperadamente.

La joven levantó súbitamente la cabeza y miró a su alrededor con mirada perdida.

—¿Mi cómplice? —balbució—. ¿De qué me habla? —Daba la impresión de que realmente estaba en un estado de confusión.

Larry también aguzaba el oído, incrédulo. Su abuelo le hizo un gesto para que permaneciese callado y le pasó a Agatha la libreta de las declaraciones.

—Aquí está transcrita su declaración —dijo Agatha con un tono más dulce—. Usted es la única persona que no estaba en la sala, y eso la convierte en la principal sospechosa del robo. Lo comprende, ¿verdad, miss Stone?

La joven asintió, pero no pronunció ni una sola palabra.

Agatha estaba acostumbrada a examinar las reacciones inmediatas, y en aquel momento tuvo la certeza de que la secretaria era inocente. Pero tenía que seguir insistiendo para obtener la máxima información posible.

—Así pues, ¿no ha entregado la espada a su cómplice, miss Stone? —le preguntó.

—No sé ni de qué me habla —fue la respuesta.

—Entonces dígame qué ha hecho en concreto esta mañana —prosiguió Agatha, que quería llegar hasta el fondo—. Explíquenos hasta el mínimo detalle todo lo que le ha sucedido desde que ha llegado al castillo de Dunnottar.

La secretaria se armó de valor y dio inicio a su explicación. Cuando había llegado, a las 7.15, el profesor Brown se encontraba en el despacho del director. Los miembros del comité organizador comprobaban que en la sala de armas todo estuviese en su sitio, porque la inauguración empezaba a las 8.00. El profesor le había pedido que le preparase un café en la cafetera que había en una pequeña cocina, en la parte de atrás de la residencia. Ella había tardado un poco, porque aún no sabía cómo funcionaba aquella máquina. Cuando regresó, él parecía impaciente. Había visto el coche de la policía en el exterior del castillo y le pidió inmediatamente los permisos para la exposición.

La secretaria se detuvo un momento para recuperar el aliento.

—El profesor estaba muy nervioso —continuó—. Miraba por la ventana a los invitados, que se iban congregando frente a la reja. Yo había metido los permisos en el bolso, pero no lo encontraba. Cuando se lo dije, ¡mister Brown se puso furioso!

—¿Y qué hizo usted? —preguntó el abuelo Godfrey.

—Lo busqué por todas partes, pero no lo encontré —respondió miss Stone—. Entre tanto, el director McKenzie y los otros miembros del comité fueron a la entrada y anunciaron que la exposición se inauguraría más tarde, a las 8.15. El profesor Brown, pensando que era el único lugar donde podía haber dejado el bolso, me ordenó que fuese al coche y volviese con los permisos. Así que me escabullí fuera mientras los invitados empezaban a entrar.

—¿Alguien la vio? —la interrumpió Agatha.

—Creo que no —dijo la secretaria, titubeante—. Probablemente me tomaron por una de las invitadas.

Agatha se apartó el flequillo a un lado de la cara y le dirigió una maliciosa mirada.

—¿Ni siquiera los policías que vigilaban la carretera?

La joven no lo pensó ni un segundo.

—Ellos claro que me vieron —contestó con

95

cierta incomodidad—. Mientras buscaba el bolso en el coche se acercaron y me preguntaron de qué equipo de fútbol era.

—¿Por qué le hicieron una pregunta tan estúpida? —se sorprendió Larry.

Agatha y su abuelo lo fulminaron con la mirada.

—¿Tú siempre dices cosas inteligentes cuando tratas de ligar con una chica? —dijo riendo su prima—. Por ejemplo, ¿podrías decirnos qué le has preguntado a Dorothy esta mañana, cuando habéis quedado?

Larry se puso rojo como un tomate y calló. El abuelo Godfrey retomó el discurso en el punto donde se había interrumpido.

—El bolso no estaba en el coche, ¿verdad? —preguntó a la testigo.

—Miré por todas partes, incluso en la guantera y debajo de los asientos, pero nada —contestó la joven—. Así que volví a la residencia temiendo una bronca del doctor Brown, pero estaba tumbado en el suelo como todos los demás.

Agatha miró la libreta.

—Eran las 8.35; estuvo fuera veinte minutos —reflexionó con calma—. Cuando regresó, vio que habían robado la espada y despertó al director Mc-Kenzie. El resto de la historia ya lo conocemos.

La joven se recogió nerviosamente el pelo con una goma. Parecía a punto de llorar, pero añadió:

—Tienen que creerme, estoy segura de que esta mañana, cuando he llegado al castillo, llevaba el bolso conmigo. Iba con prisas, posiblemente se me cayó, ¡pero vete a saber dónde!

—O alguien lo hizo desaparecer —concluyó Agatha con una expresión comprensiva. Cuando vio que Larry iba a intervenir, le dio las gracias a la testigo y la despidió con una última pregunta—: ¿Puede describirme su bolso, miss Stone?

—Es rígido, de piel marrón claro, con las asas de latón.

97

Dicho esto, se despidió cordialmente y salió del despacho.

Agatha le guiñó un ojo a su abuelo y dijo:

—Una chica puede olvidarse cualquier cosa, ¡excepto el bolso!

—Eso no demuestra su inocencia —dijo acaloradamente Larry mientras se ponía en pie de un salto—. ¡Puede haber mentido en todo!

—¿Lo crees de verdad?

—¡Pues claro que lo creo! —resopló él—. ¡No puede confirmar nada de lo que ha dicho!

Agatha miró de reojo el reloj.

—Te equivocas, primo —dijo—. ¿Quieres venir a dar un paseo conmigo?

Salieron del castillo y fueron a ver a los dos policías, que charlaban aburridos en un margen de la carretera. Agatha describió la fiesta de inauguración del castillo, mintiendo descaradamente, y luego les preguntó si por la mañana habían visto a una joven que buscaba su bolso. Los dos agentes no dijeron ni que sí ni que no, no concretaron nada, pero Agatha les tendió una trampa.

—Le preguntaron de qué equipo era, ¿no lo recuerdan? —dijo con tono amable.

Entonces los policías se colocaron bien sus gorras y confirmaron la hora que había indicado miss Stone.

Aunque había encajado una primera derrota, Larry no se rindió

—¿Y el bolso? ¿Adónde ha ido a parar?

—¡Cada cosa a su tiempo, primito! —sentenció Agatha—. ¡Cada cosa a su tiempo!

7. LAS PISTAS
SE HUNDEN

El sol se ponía al otro lado de la barrera de las murallas, y por el patio de Dunnottar se extendían sombras siniestras. Agatha calculó que quedaba una hora escasa para resolver el enigma.

—¿Adónde vamos ahora? —preguntó Larry, alarmado por las prisas—. ¿No sería mejor buscar al cómplice pidiendo fotos por satélite a mi escuela?

—No hay ningún cómplice, primito —contestó Agatha entrando en el cobertizo del jardinero.

—¿Eh? Pero ¿qué dices? —protestó el chico—. ¿Y el agujero en el suelo del torreón? ¿Y la playa? ¿Cómo han robado la espada del rey de Escocia?

—Todavía no lo sé —admitió Agatha—. Pero tengo la sensación de que vamos por buen camino.

Encontró un rastrillo con púas largas y le pidió a su primo que la ayudase a atarlo a un tubo de hierro colado que se utilizaba en trabajos de restauración. Larry se encogió de hombros y no dejó de quejarse, pero en el fondo sabía que en la cabeza de Agatha se había encendido una lucecita.

Los dos primos caminaron hasta el pozo con aquel tubo larguísimo a cuestas.

—Metámoslo dentro y repasemos el fondo —dijo Agatha—. ¡Me juego lo que quieras a que esta balsa pestilente guarda una sorpresa!

Sacaron una masa indescriptible de basura, pero al final subió a la superficie un asa de latón.

—¡Esto es lo que había visto brillar! —se alegró Agatha—. ¡El bolso de miss Stone!

Desconcertado, Larry puso sus cinco sentidos en el trabajo y consiguió recuperar el bolso al primer intento. Se había vuelto negro como el carbón, pero en cuanto abrieron el cierre comprobaron que el rígido tejido había protegido los documentos que había en su interior.

—¿Tienes bastante con esto para exculpar a la secretaria? —preguntó la muchacha.

—Sí —respondió alegremente Larry—. ¡Si se disponía a cometer un robo, no habría perdido tiempo buscando el bolso!

Dejaron sobre la hierba el rastrillo y el tubo que habían utilizado para recuperar el bolso y se presentaron ante su abuelo con una expresión exultante.

Invitaron a mister Kent y lo pusieron al corriente de las últimas novedades. Fue precisamente él quien sugirió que redujesen el número de sospechosos a solo cuatro.

—El culpable tiene que ser un miembro del comité organizador —afirmó el mayordomo con su flema habitual—. Han tirado el bolso al pozo cuando el castillo aún estaba cerrado al público.

Agatha chascó los dedos.

—Es un razonamiento perfecto, mister Kent —lo felicitó—. ¡Y también puedo deciros por qué nuestro hombre ha querido que desaparecieran los documentos!

Los otros callaron, pendientes de sus labios.

—Miss Stone sirvió para testimoniar que todos estaban dormidos —dijo la muchacha—. ¡Pero nosotros sabemos que el culpable estaba perfectamente despierto y que tuvo veinte minutos para llevar a cabo el robo!

—Esos tipos no me han caído nada bien —murmuró Godfrey Mistery—. Pero ¿qué hacemos ahora? No sabría decir quién me inspira menos confianza: el director McKenzie, el profesor Brown, el conde Duncan o ese arrogante ricachón, McClure.

En aquel momento, Larry se sentó al escritorio y agitó los brazos.

—¡Esperad, vamos demasiado deprisa! —exclamó—. Esta tarde, Agatha y yo hemos encontrado pistas esparcidas por la fortaleza. —Señaló el piolet y las bolsas de plástico abandonadas en un rincón y luego prosiguió—: Si a todo esto añadimos las declaraciones que ha recogido nuestro abuelo, entonces, ¿qué?

—Solo se trata de un intento de complicar las investigaciones, Larry —intervino Agatha—. El ladrón ha sembrado una serie de pistas falsas para confundir la escena del crimen.

—¿Y la caña de la cornamusa? —le preguntó su primo.

—La arrancó del instrumento y la colocó cerca de la iglesia —contestó la muchacha—. ¡Tal vez pensó que creeríamos en la historia del flautista de Hamelín, capaz de encantar a los presentes con su música mágica!

Todos se echaron a reír, excepto Larry.

—¿Y la pelota de golf? —continuó este muy serio.

—He estudiado bien el dosier —lo complació

104

Agatha—, y parece ser que el campeón de golf es también un famoso coleccionista de armas medievales. El ladrón ha querido dirigirnos hacia este móvil, pero esta trampa tampoco se sostiene.

—¿Y la pluma de pavo?

—Debe de haber volado cuando el ladrón ha abierto las ventanas para airear la sala —fue la seca respuesta de la muchacha.

Larry no se atrevió a preguntar por la cavidad abierta a golpes de piolet, porque Agatha ya había dejado claro que eso del cómplice era una pista falsa.

Entre tanto, mister Kent se excusó y volvió a vigilar la sala: se había tomado muy en serio su papel. El abuelo Godfrey aprovechó para estirar sus doloridas piernas y se dirigió a su nieta con la libreta de las declaraciones en la mano:

—¿No crees que aquí podría haber pistas interesantes si las leemos desde esta nueva perspectiva?

—Muy buena idea —le respondió Agatha.

Larry se sumó a ellos de muy buen grado.

Hojearon las páginas, comentando en voz alta todo lo que les pasaba por la cabeza.

—¿Recordáis la publicista que afirmaba haber visto un fantasma con la cabeza gacha? —se rio Larry—. ¡Era la sombra del ladrón cuando sacó la espada de la vitrina!

—Y los aullidos del lobo eran el silbido del viento que entraba por las ventanas abiertas —añadió Agatha.

—¿Y el disparo? —preguntó el abuelo Godfrey—. ¿Cómo lo explicamos?

—Quizás ocurrió que se rompió algún objeto en la sala —contestó Larry—. ¿Estás de acuerdo conmigo, Agatha?

Ella permaneció callada, absorta en la lectura de una página.

—¿Agatha? —repitió Larry.

—¡El fotógrafo! —exclamó de repente la mu-

chacha—. Abuelo, ¿qué te ha dicho exactamente?

Godfrey Mistery se desanudó calmosamente la pajarita del cuello.

—Me parece que estaba desesperado porque se le había estropeado la cámara digital —intentó recordar—. Se le cayó mientras dormía y no ha podido acabar su trabajo.

—No creo que haya ocurrido así —dijo muy seria Agatha—. Lo más probable es que la haya roto nuestro ladrón: ¡seguramente contenía fotos comprometedoras!

—Si quieres, voy a buscarla e intento arreglarla —se ofreció Larry.

—¡Vuela más rápido que la luz, Superman! —lo incitó su prima Agatha.

El chico se volatilizó en el acto.

Agatha lanzó una mirada al reloj de pared. Las 17.15. ¿Cuánto faltaba para que se pusiese el sol? No se atrevía a asomar la cabeza por la ventana, por miedo a que el cielo ya estuviese enrojeciendo.

Por suerte, Larry volvió de inmediato y disipó todas las preocupaciones.

—¡Puedo recuperar las imágenes! —gritó el chico, muy entusiasmado—. ¡Conectaré la cámara digital al EyeNet, y en un momento veremos las fotos!

Se acomodó en un rincón con sus instrumentos de alta tecnología, mientras Agatha devoraba las declaraciones a una velocidad impresionante.

El abuelo Godfrey, algo cansado, observó con satisfacción cómo trabajaban sus intrépidos nietos.

—No quiero distraeros —intervino calmosamente—, pero aún no tenemos la más mínima idea de qué ha dormido a los invitados. ¿Estáis seguros de que ha sido obra de un gas anestésico?

Agatha dejó la libreta sobre el escritorio, se colocó una mano bajo la barbilla y empezó a reflexionar.

—Descubrir cómo ha actuado la sustancia es el único camino que nos queda para identificar al culpable —pensó en voz alta—. Y nosotros sabemos que el ladrón ha intentado distraer las investigaciones tanto cuanto ha podido.

—¿Y qué? ¿Adónde quieres ir a parar? —le preguntó su abuelo.

—Si lo pensamos bien, ¿por qué ha abierto las ventanas de la sala? —prosiguió su nieta—. ¡A lo mejor esto también es una pista falsa!

—Entonces estamos como al principio, Agatha.

Ella se frotó la nariz como si le hubiese picado un mosquito.

—Tal vez no —murmuró—. He abierto un cajón de la memoria y me ha venido a la mente un artículo de la revista *Science* de hace unos cuantos meses. Hablaba de un descubrimiento realizado por dos médicos, japoneses, creo recordar.

—¿En qué consiste? —la animó a seguir Godfrey Mistery.

—Son investigaciones experimentales sobre técnicas de anestesia —contestó la muchacha, que estaba como en tránsito. A continuación se le iluminó la cara—: ¡Sí, ahora lo recuerdo! —exclamó emocionada—. Esos médicos descubrieron un polvo derivado del cloroformo que actúa en contacto con la piel. Su efecto provoca extrañas alucinaciones y dura poco tiempo.

—¿Cuánto tiempo? —la in-

citó su abuelo, cada vez más intrigado—. ¿Veinte minutos?

—Si la memoria no me engaña, entre quince y veinte minutos.

—¡Hemos dado en la diana, nieta! —se alegró su abuelo—. ¡No hay duda de que el ladrón ha recurrido a ese polvo!

La muchacha aún seguía pensativa.

—Pero ¿dónde lo pudo haber puesto? ¿Hay algo que hayan tocado todos los presentes, excepto la secretaria?

La pregunta quedó en suspenso, porque Larry llegó corriendo empuñando el EyeNet.

—¡Tengo las fotos! —exclamó radiante—. ¡Tenemos que mirarlas de inmediato!

Agatha y su abuelo lo contemplaron en silencio.

—¿Acaso me he perdido algo importante? —preguntó sorprendido Larry Mistery.

8. La espada del rey de Escocia

Cuando empezó a oscurecer, los invitados al castillo de Dunnottar se levantaron perezosamente de las mesas y se encaminaron hacia la salida. Pero ante la reja les aguardaban Agatha y Larry; detrás de ellos estaban los dos policías que habían permanecido todo el día apostados en la carretera.

—¿No tienen curiosidad por saber quién ha robado la espada del rey de Escocia?—dijo Agatha con una radiante sonrisa.

Los invitados mostraban en sus caras una mezcla de cansancio y de nerviosismo.

—¿Acaso pretendéis retenernos aquí toda la noche? —preguntó el campeón de golf.

—Si hemos estado esperando, ha sido para evitar la molestia de encontrarnos con policías y periodistas —comentó la señora del sombrero de plumas—. ¿Qué hacen aquí esos agentes?

—¡Tengo hambre! —chilló la niña.

—La policía nos ha seguido únicamente para arrestar a quien ha robado la espada —intervino Larry—. ¡Después podrán volver a sus casas y olvidarse de este día tan aburrido!

Diez minutos más tarde, todos estaban sentados otra vez a las mesas de la sala de armas, como si fuesen los espectadores de una obra de teatro.

Los actores eran cuatro ingleses y un gato que habían llegado en globo.

Detrás de ellos habían colocado una pantalla en la que se proyectarían diapositivas.

Los miembros del comité organizador estaban más nerviosos aún que sus invitados.

—¿Qué demonios pasa? —preguntó furioso el conde Duncan.

—¿Por qué quieren retenernos aquí más tiempo? —añadió el profesor Brown con su aire de galán irritado—. ¿Lo ha decidido usted, director?

McKenzie se pasó nerviosamente la mano por su calva brillante e hizo un gesto con el que quería dar a entender que no tenía ni idea del asunto.

—Por favor, siéntense ustedes también, hay sillas libres en la primera fila —los invitó amablemente Godfrey Mistery—. ¡Ahora, por favor, les agradecería que mantengan el máximo silencio en la sala!

Después de aquellas palabras, todos callaron.

—Bien, el espectáculo ya puede comenzar —anunció el abuelo, como un afable anfitrión—. ¡Cedo inmediatamente la palabra a mi ayudante, la brillante detective Agatha!

Por un momento, la muchacha se sintió algo intimidada ante todas aquellas miradas escrutadoras. Pero en cuanto empezó a reconstruir la investigación paso a paso, recuperó su seguridad natural.

El relato fue acompañado de una serie de imágenes extraídas del dosier de la escuela para detectives, de la libreta con las declaraciones recogidas por el abuelo Godfrey y de las fotos del fotógrafo, que Larry proyectaba sobre la pantalla con su singular artefacto multifuncional.

Cuando Agatha describió las absurdas visiones que le habían comentado a su abuelo durante los interrogatorios, las carcajadas de los presentes se sucedieron.

—¿Y el disparo que oí? —gritó alguien—. ¿También tiene una explicación para esto, señorita?

En la pantalla apareció la foto de la niña con un globo en la mano, justo debajo de una imponente alabarda, tomada antes de quedarse dormida.

Mister Kent se dirigió a aquella posición y recogió del suelo el globo, ahora reventado.

—Se pinchó con la punta de la alabarda cuando la niña lo soltó, ¡y produjo un estampido similar al de un arma de fuego! —aclaró Agatha.

Esta vez la reconstrucción fue recibida con un aplauso general, y ella procuró disimular la emoción. Sabía que la parte más difícil empezaba precisamente entonces.

—Bien, señores —dijo Agatha con tono decidido—. Ha llegado el momento de explicar qué les ha sucedido. Existe una sustancia que provoca el adormecimiento prácticamente instantáneo con solo entrar en contacto con la piel, y todos ustedes han tocado un objeto que había sido espolvoreado con esa sustancia.

En la sala se alzó un coro de voces. Unos estaban intrigados, otros, enfurecidos, otros, asustados. Empezaron a llover todo tipo de preguntas.

Agatha esperó a que se calmasen antes de seguir con su discurso.

—Teniendo en cuenta las oportunidades —siguió con un tono de experta detective—, las únicas personas que pudieron manipular la sustancia están sentadas aquí, en primera fila, y son los organizadores de este acto. Todos ellos estaban interesados en apoderarse de la espada del rey de Escocia.

—Pero ¿qué insinúa usted, señorita? —chilló el magnate McClure, cuyo rostro estaba tan morado que parecía a punto de incendiarse.

—¡Se ha vuelto loca! —gritó el profesor Brown—. No cabe otra explicación.

El director McKenzie, en cambio, temblaba como una hoja, y el conde Duncan no paraba de darle empujones mientras repetía:

—¡Esto es una infamia! ¡Un insulto a mi noble familia!

117

Por mantener la seguridad, los dos agentes de policía se acercaron a ellos.

Agatha pidió amablemente a la platea que guardase silencio, porque estaba a punto de revelar quién era el culpable.

—Después de un minucioso análisis, mis compañeros y yo hemos descubierto que solo hay un objeto con el que todos ustedes han entrado en contacto —prosiguió. Dio media vuelta y cogió el cuerpo del delito, metido dentro de una bolsa de plástico. Lo mostró a todos los presentes—. ¡Es el programa de la inauguración que les han entregado en la entrada del castillo a las 8.15 de esta mañana!

Los invitados se pusieron en pie, espantados, y lanzaron vehementes protestas contra los miembros del comité organizador.

—¡Pero nosotros también nos hemos dormido! —protestó el director McKenzie en medio de la confusión general—. ¡No hagan caso a los disparates de esta jovencita!

118

Agatha dibujó una amplia sonrisa y concluyó:

—¡Tres de ustedes se durmieron, pero uno se quedó despierto y robó la espada del rey de Escocia!

En aquel momento se desplazó hacia donde estaban su abuelo Godfrey y mister Kent, y en la pantalla apareció una foto inequívoca: la del profesor Brown, que, con las manos cubiertas con unos guantes de seda blanca, entregaba sonriente el programa a los invitados.

El joven anticuario se levantó súbitamente e intentó huir, pero los policías lo atraparon al instante y lo sujetaron uno por cada brazo. Mientras lo esposaban, los invitados siguieron protestando, hasta que mister Kent los acompañó a la salida haciendo gala de toda su capacidad de persuasión.

También salieron el director McKenzie, el conde Duncan y el magnate McClure, que intentaron calmar a los invitados con palabras amables y una profusión de excusas.

El telón bajó en la sala de armas del castillo de Dunnottar.

Agatha y Larry casi no se podían creer que hubieran descubierto al culpable del robo más increíble que recordaban.

Ahora solo faltaba encontrar la espada.

—¡Malditos entrometidos! —gritó rabioso el profesor Brown—. ¡Mi plan era perfecto, y vosotros lo habéis echado a perder! No entiendo cómo lo habéis descubierto, con todas las pistas que he sembrado para despistaros...

Agatha pidió a la policía que lo registrasen y replicó:

—Querido profesor, precisamente la excesiva cantidad de pistas lo ha delatado. Incluido el bolso de su secretaria que arrojó al pozo. Lo cogió aprovechando que miss Stone fue a hacer el café. Después, poco antes de empezar la inauguración, la envió a buscar los permisos para que a su vuelta lo encontrase dormido como a los demás.

—También hemos escaneado los objetos que ha esparcido por todo el castillo antes de que empezase la ceremonia de inauguración, ¡y en ellos no hemos encontrado ni una sola huella! —explicó Larry—. ¡Sus valiosos guantes de seda lo delatan por partida doble!

Los agentes vaciaron los bolsillos del detenido y pusieron su contenido sobre la mesa. Había una cartera de piel de pitón, unas cuantas monedas y un manojo de llaves.

Godfrey Mistery, con la pipa en la boca, enseguida se puso a registrar la cartera.

El profesor Brown se echó a reír.

—Ya podéis buscar, jamás descubriréis dónde he escondido la espada —murmuró—. ¡Mi comprador secreto ya debe de estar admirándola en su colección privada!

Larry miró a su prima con una expresión inquieta: ¡si no encontraban la espada, la misión de la escuela fracasaría!

Agatha se acercó al joven anticuario.

—¡Lleva usted un anillo precioso, profesor Brown! —lo halagó mientras observaba las cuidadas manos apresadas por las esposas—. ¡Pero no deja de ser un poco de mal gusto comparado con su traje hecho a la medida!

Larry hervía por dentro: ¿por qué Agatha se dedicaba a hacerle cumplidos a aquel hombre? ¿Qué pretendía sacarle? ¿Una confesión? De pronto comprendió adónde quería ir a parar su prima.

—Agentes, ¿me dejan ver el anillo, por favor? —preguntó.

El profesor Brown intentó zafarse, pero los dos policías lo mantuvieron agarrado y sacaron el gran anillo de su dedo. Larry lo examinó con atención y des-

cubrió en la parte interna un minúsculo dispositivo electrónico.

—¡Agatha, aquí hay un receptor GPS! —informó a su prima—. ¿Para qué crees que servirá?

Ella meditó un momento con la mirada fija en el patio del castillo. Parecía como si estuviese reconstruyendo mentalmente la escena del robo.

—¡Tengo la solución! —exclamó de repente—. ¡Es muy sencilla!

Larry, su abuelo Godfrey y mister Kent la miraron.

—¿Qué utilidad puede tener un receptor GPS si la espada permanece escondida en el castillo? —preguntó la muchacha—. Y si realmente el profesor Brown ya ha entregado la espada del rey de Escocia a su comprador, ¿para qué necesita un instrumento que le permite localizarla?

—¡Condenada metomentodo! —protestó el profesor Brown mientras intentaba arrojarse sobre ella—. ¡Te arrancaré esa lengua de víbora!

123

Agatha señaló con el dedo las murallas que daban al acantilado.

—Las cosas sucedieron así —comenzó—: el profesor cogió la espada de la vitrina, luego la envolvió en un flotador equipado con un señalizador y finalmente la arrojó al mar, lo mismo que los guantes.

A Larry se le pusieron los pelos de punta.

—¿Está loco? ¿Cómo pudo arrojar la espada por el acantilado?

Agatha se dejó caer sobre una silla y soltó un suspiro liberador.

—¿Qué es lo que te preocupa, primo? —le preguntó tranquilamente—. ¡No tienes más que conectar el receptor al EyeNet, y enseguida sabremos dónde está!

La explosión de gritos del profesor Brown fue una prueba definitiva de que Agatha había resuelto el misterio brillantemente.

MISIÓN CUMPLIDA

Al día siguiente por la mañana, el director McKenzie acudió a agradecer personalmente a Agatha y a sus compañeros que hubiesen resuelto el caso y les comentó que había comunicado a Eye International la buena noticia.

Entonces, el abuelo Godfrey propuso a sus nietos que continuasen el viaje hacia las islas Orcadas, un gran archipiélago al norte de Escocia adonde las corrientes marinas habían arrastrado la espada.

Larry y Agatha acogieron la idea con entusiasmo.

El viaje en globo transcurrió con alegría, entre conversaciones y paisajes encantadores.

Por la tarde, el *Mistery Balloon* aterrizó en Stenness, una localidad situada en la isla principal de las Orcadas, justo en el momento en que la policía recuperaba en la playa la espada del rey de Escocia.

La valiosa *claymore* estaba envuelta en un flotador de color calabaza.

Al lugar habían acudido muchos curiosos, y las autoridades no permitían que nadie se acercase a la espada.

—¡Ostras! —se quejó Larry—. ¿Es que no saben que la hemos encontrado nosotros? ¡Al menos, mereceríamos ser los primeros en echarle un vistazo!

—¡Lo siento, primito, pero tendremos que esperar a la próxima exposición! —comentó Agatha.

Watson corroboró aquella afirmación con un sonoro maullido.

Todos se echaron a reír, pero se vieron interrumpidos por unos estrepitosos ruidos que emitía el EyeNet.

—¿Por qué no contestas, Larry? —preguntó Agatha al ver que su primo observaba el artefacto con el pánico reflejado en sus ojos.

—¡Ah, oh, podría ser Dorothy! —contestó él, titubeando—. ¿Qué le digo? Soy demasiado torpe para estas cosas sentimentales...

Su abuelo se burló de él mientras se acariciaba la barba:

—¿Te enfrentas a criminales peligrosos y te da miedo una jovencita?

Agatha aprovechó la distracción de su primo para extender un dedo y apretar el botón del artefacto, cosa que bastó para que cesara de sonar aquel timbre estridente.

En la pantalla del EyeNet resplandeció un mensaje:

¡FELICIDADES POR LO QUE HA CONSEGUIDO, AGENTE LM14! HA SUPERADO EL EXAMEN CON LA NOTA MÁS ALTA Y SE MERECE UNA SEMANA EXTRA DE VACACIONES, SALVO QUE SE PRESENTEN MISIONES INESPERADAS.

Larry se sintió aliviado y se quedó mirando la pantalla con los ojos llenos de alegría.

—¡Venga, gandules, demos un paseo por la playa! —propuso Agatha.

Larry, mister Kent y el abuelo Godfrey echaron a andar detrás de la muchacha, seguidos por un Watson que avanzaba dando pequeños saltos.

—¿Sabéis que tenemos mucha suerte? —dijo Agatha—. Aquí, en Stenness, hay piedras megalíticas muy antiguas. Mirad aquella de allí, ¡debe de medir, como mínimo, cinco metros de altura!

La comitiva se agrupó alrededor de un bloque de piedra, largo y delgado, que se recortaba contra la puesta del sol. Formaba parte de un complejo circular semejante al de Stonehenge.

Agatha, que nunca dejaba escapar la ocasión de aprender algo nuevo, se detuvo para observar la piedra y empezó a tomar apuntes en su libreta, mientras su abuelo y mister Kent comentaban la belleza del paisaje.

Larry, pasada la euforia por haber aprobado, permanecía en silencio desde hacía un buen rato. De repente, puso una mano en el hombro de su prima.

—¡Agatha, necesito ayuda! —exclamó con tono agitado—. ¡No sé qué hacer!

—Explícate mejor, primito.

Él sacudió la cabeza, incómodo.

—Le prometí a Dorothy que la llamaría, ¡pero no sé qué hacer!

—¿Cómo es esa Dorothy?

—Ah, oh, es una preciosidad —balbució Larry, poniéndose rojo como un tomate—. En realidad se llama Aileen —explicó—. Cuando éramos pequeños, todos la llamábamos Dorothy por la forma en que se vestía, como la protagonista de *El mago de Oz*, ya sabes..., con un pequeño delantal azul...

Agatha lo miró como si lo riñese.

—¡Yo lo que quiero saber en realidad es qué carácter tiene, primo!

Él le explicó brevemente cómo la había conocido y le describió su cita en el pub de Bowden, que había durado exactamente el tiempo necesario para decirse cuatro palabras.

Agatha se quedó pensativa, y luego chascó los dedos.

—Yo diría que es una chica romántica y soñadora —comenzó con tono reflexivo—. Creo que deberías cortejarla al estilo antiguo —sugirió.

—¿Qué quieres decir con eso, prima? —Larry parecía confuso y se frotaba las sienes como si le doliese mucho la cabeza.

—Mira, olvídate por un momento de tus tecnologías: teléfono, correo electrónico, mensajes… —dijo Agatha—. Intenta sorprender a tu amorcito con una bonita postal escrita a mano en las islas Orcadas… Ya verás cómo de esta forma empezará a considerarte interesante.

—¿Crees que así impresionaré a Dorothy?

—¡Estoy completamente segura! —contestó Agatha. Y luego añadió, cambiando de tono—: ¡Y deja de llamarla Dorothy: su nombre es Aileen!

—¡Tienes razón, no debo olvidarlo! —contestó Larry con tono quejoso. Corrió hasta la oficina de correos más próxima y volvió con una postal del paisaje que tenían ante ellos.

—¿Qué escribo? —preguntó desconcertado.

—Tú siéntate, contempla el paisaje y deja que te broten las palabras del corazón.

Él la obedeció al pie de la letra y diez minutos más tarde se levantó muy satisfecho.

—¿Te la puedo leer, prima? —preguntó—. ¡No me imaginaba que fuese un poeta tan bueno!

Agatha se volvió de espaldas.

—¡Larry, por favor, eso es algo privado! —le gritó—. ¡Vete a enviar la postal, no quiero saber nada más de ella!

—¡No sabes lo que te pierdes, primita! —rio él muy eufórico.

Voló hasta la oficina para echar la postal al buzón.

—Conquistaré tu corazón, Aileen —murmuró feliz, imaginándose ya la próxima cita con ella a la luz de las velas.

Desgraciadamente, había olvidado ponerle el sello…

ÍNDICE

COLECCIÓN
 AGATHA MISTERY

1. EL ENIGMA DEL FARAÓN

2. LA PERLA DE BENGALA

3. LA ESPADA DEL REY
DE ESCOCIA

4. ROBO EN LAS
CATARATAS DEL NIÁGARA

5. ASESINATO
EN LA TORRE EIFFEL

6. EL TESORO
DE LAS BERMUDAS

7. LA CORONA DE ORO
DE VENECIA

8. MISIÓN SAFARI

9. INTRIGA EN
HOLLYWOOD

10. CRIMEN EN LOS
FIORDOS

11. EL RETRATO SIN
NOMBRE

12. INVESTIGACIÓN
EN GRANADA

13. DESAFÍO EN EL
TRANSIBERIANO

14. A LA CAZA DEL TESORO
EN NUEVA YORK

15. EL SECRETO
DE DRÁCULA

16. DESTINO
SAMARCANDA

17. OPERACIÓN
AMAZONAS

18. COMPLOT
EN LISBOA

19. EL DIAMANTE
DE ÁMSTERDAM

20. TRAMPA
EN PEKÍN

abuelo Godfrey